AF357819

Vente du Lundi 22 Octobre 1877,

HOTEL DROUOT, SALLE N° 8.

PORCELAINES ANCIENNES

BRONZES, ÉMAUX

BELLES ÉTOFFES

DE LA CHINE ET DU JAPON

EXPOSITION PUBLIQUE : le Dimanche 21 Octobre 1877

COMMISSAIRE-PRISEUR

M° CHARLES PILLET,

10, rue de la Grange-Batelière.

EXPERT

M. CHARLES MANNHEIM

7, rue Saint-Georges.

CATALOGUE

DE

PORCELAINES ANCIENNES

DE LA CHINE ET DU JAPON

BRONZES, ÉMAUX CLOISONNÉS

BELLES ÉTOFFES

DONT LA VENTE AURA LIEU

HOTEL DROUOT, SALLE N° 8

Le Lundi 22 Octobre 1877,

A DEUX HEURES.

Par le ministère de Me CHARLES PILLET, Commissaire-Priseur
10, rue de la Grange-Batelière,

Assisté de M. CHARLES MANNHEIM, Expert, 7, rue Saint-Georges

Chez lesquels se trouve le présent catalogue.

EXPOSITION PUBLIQUE : Le Dimanche 21 Octobre 1877

De une heure à cinq heures.

CONDITIONS DE LA VENTE.

Elle sera faite au comptant.

Les acquéreurs payeront en sus des adjudications, *cinq pour cent* applicables aux frais.

L'Exposition mettant le public à même de se rendre compte de l'état des objets, il ne sera admis aucune réclamation une fois l'adjudication prononcée.

Paris. — Typ. PILLET et DUMOULIN, 5, rue des Grands-Augustins.

DÉSIGNATION DES OBJETS

PORCELAINES

1 — Beau vase en forme de rouleau en ancienne porcelaine de Chine, décoré en émaux de la famille verte ; sujet familier dans un paysage. Belle qualité.

2 — Autre beau vase de même forme et de qualité analogue. Celui-ci représente des guerriers combattant.

3-4 — Deux autres vases en forme de rouleau, en ancienne porcelaine de Chine, décorés en émaux de la famille verte. L'un d'eux représente un cortége impérial dans un paysage, et l'autre des Fô-Hangs et des Kirins. Ils seront vendus séparément.

5 — Deux vases en forme de potiche, en ancienne porcelaine de Chine, décorés de dragons et de Fô-Hangs se jouant dans des vagues.

6 — Deux vases de même forme, en ancienne porcelaine de Chine, décorés de fleurs et d'oiseaux en émaux de la famille verte.

7 — Deux vases en forme de potiche, en ancienne porcelaine de Chine, décorés de jeux d'enfants en émaux de la famille rose.

8 — Jolie potiche en ancienne porcelaine de Chine, décorée de fleurs arabesques en émaux de la famille verte.

9 — Potiche analogue à celle qui précède.

10 — Deux vases en forme de balustre, en ancienne porcelaine de Chine, décorés de fleurs et d'oiseaux en émaux de la famille rose.

11 — Deux vases en forme de rouleau à gorge, en ancienne porcelaine de Chine, décorés de sujets mythologiques en émaux de la famille rose.

12 — Deux vases de même forme, décorés de sujets familiers.

13 — Deux grandes et belles vasques de forme ronde et profonde, décorées de paysages montagneux en camaïeu bleu sur blanc.

14 — Deux vases en forme de balustre renversé et à ouverture étroite, en porcelaine de Chine, décorés de
fleurs et d'ornements en camaïeu bleu.

15 — Deux vases en forme de balustre, en porcelaine de
Chine, décorés d'un groupe de divinités en bleu sur
blanc.

16 — Vase en forme de potiche à ouverture large, en ancienne porcelaine de Chine, décorés de vases de fleurs
et d'arbustes en émaux de la famille verte.

17 — Potiche en ancienne porcelaine de Chine, décorée de
dragons et de Fô-Hangs, en émaux de la famille verte.

18 — Petite Jardinière ou vasque, en ancienne porcelaine
de Chine, décorée de médaillons de paysage et de dragons sur fond rose relevé de fleurs.

19 — Jardinière analogue à celle qui précède, mais à fond
jaune.

20 — Autre Jardinière de forme analogue, en ancienne
porcelaine de Chine, décorée de figures dans des paysages, en émaux de la famille verte.

21 — Jardinière analogue à celle qui précède, mais un
peu plus petite.

22 — Petite Jardinière ronde et profonde en ancienne

porcelaine de Chine, décorée de fleurs arabesques en émaux de la famille verte sur fond à rosaces rouges.

23 — Petit Vase de forme surbaissée, décoré de fleurs et de fruits en émaux de la famille verte.

24 — Petit Vase ovoïde à goulot étroit, en ancienne porcelaine de Chine, décoré de chimères en couleurs et d'arabesques bleues.

25 — Pot à tabac en ancienne porcelaine de Chine, décoré de poissons et de dragons émaillés en couleurs.

26 — Petite Jardinière ronde et profonde en ancienne porcelaine de Chine, décorée de personnages dans un paysage, en camaïeu bleu.

27 — Deux petits Vases en forme de balustre carré à pieds mobiles, en ancienne porcelaine de Chine, décorés de paysages et d'animaux en émaux de la famille rose.

28 — Deux petits Vases en forme de balustre, en céladon vert gaufré à fleurs et ornements.

29 — Deux Vases en poterie de Satzuma, en forme de balustre, décorés de divinités émaillées en couleurs et rehaussées d'or.

30 — Deux Vases en forme de balustre carré et aplati, en porcelaine de Chine, décorés de fleurs arabesques sur fond bleu.

31 — Grand Vase en forme de balustre, décoré de fleurs
et d'oiseaux, émaillés en couleurs sur fond bleu.

32 — Vase de forme analogue en porcelaine de Chine
décoré de fleurs et d'oiseaux en camaïeu bleu sur fond
vert d'eau.

33 — Deux ornements de pagode en porcelaine de Chine
en forme de fleur de lotus surmontée d'attributs divers
et décorés en émaux de couleurs. Règne de Kien-
Long.

34 — Joli plat rond et creux en ancienne porcelaine de
Chine décoré en émaux de la famille verte à sujet familier au centre et à fleurs sur fond vert pointillé au
bord.

35 — Plat de même forme en ancienne porcelaine de Chine
décoré d'un paysage avec figures au centre et d'ornements et d'attributs au bord.

36 — Plat rond en ancienne porcelaine de Chine décoré
d'un paysage en émaux de la famille verte.

37-42 — Six plats ronds en ancienne porcelaine de Chine
à décors variés en émaux de la famille verte. Ils seront
vendus séparément.

43-44 — Quatre plats ronds de même porcelaine, décorés
de fleurs et de sujets variés en émaux de la famille
rose.

45-46 — Quatre plats ronds en ancienne porcelaine de
Chine, décorés de fleurs et d'ornements sur fond qua-
drillé rouge.

47 — Deux petits plats ronds à bord découpé à jour et
paysages décorés en camaïeu bleu.

48 — Bassin rond à bord plat en porcelaine de Chine,
décoré de dragons émaillés en couleurs sur fond jaune.

49 — Grand vase en forme de balustre à deux anses en
céladon bleu turquoise à ornements gaufrés en relief.

50 — Deux coupes rondes à bords festonnés en porcelaine de Chine à fond bleu et décor d'or.

51 — Deux très-petits vases en forme de rouleau en ancienne porcelaine de Chine, décorés en émaux de la
famille verte, à personnages et fleurs.

52 — Deux très-petits pots à couvercle en ancienne porcelaine de Chine, décorés de fleurs en émaux de la famille
verte.

53 — Deux petits vases en forme de balustre décorés de
fleurs en émaux de la famille rose.

54-56 — Cinq pitongs en ancienne porcelaine de Chine à
décors variés en émaux de la famille verte. Ce lot sera
divisé.

57 — Deux jardinières carrées et évasées en porcelaine de
Chine, décorées de paysages et d'ornements en camaïeu
bleu.

58 — Grande potiche à pans avec couvercle en ancienne
porcelaine du Japon à décor bleu.

59 — Deux petits cornets en porcelaine de Chine à décors
variés.

60 — Pot à couvercle de forme cylindrique en porcelaine
de Chine, décoré de fleurs et de caractères sur fond
bleu.

61 — Pitong ou jardinière en ancienne porcelaine de
Chine, décoré de fleurs et de papillons en émaux de la
famille verte.

62-63 — Trois petits vases variés de formes en ancienne
porcelaine de Chine, décorés de figures et de fleurs en
émaux de la famille verte.

64 — Deux petits vases, forme dite pot à tabac en ancienne
porcelaine de Chine, décorés de jeux d'enfants en
émaux de la famille verte.

65 — Boîte de forme lenticulaire en ancienne porcelaine
de Chine, décorée de personnages en émaux de la famille verte.

66 — Petite potiche de forme surbaissée en ancienne porcelaine de Chine, décorée de sujets héroïques en émaux de la famille verte.

67-71 — Cinq plats en ancienne porcelaine de Chine à décors variés en émaux de la famille verte. Ils seront vendus séparément.

72 — Deux petites jardinières ou vasques rondes et profondes en ancienne porcelaine de Chine, décorées de fleurs et d'insectes en bleu sur fond blanc.

ÉMAUX CLOISONNÉS

73 — Deux éléphants blancs debout, en émail cloisonné de la Chine, couverts d'un caparaçon à fond bleu et supportant chacun un petit vase à deux anses.

74 — Deux vases cylindriques en émail cloisonné du Japon, décorés de dragons sur fond vert.

75 — Très-petit brûle-parfums à panse sphérique en émail cloisonné de la Chine, à fond vert et à pieds et anses en bronze.

76 — Plaque ronde en émail cloisonné de la Chine, à fleurs et oiseaux sur fond bleu turquoise.

BRONZES

77 — Brûle-parfums formé d'un animal debout, en bronze
incrusté d'or et d'argent. Le couvercle est surmonté
d'un oiseau.

78 — Brûle-parfums de forme sphérique supporté par trois
pieds à têtes chimériques et à deux anses en S.

79 — Deux brûle-parfums en forme de canards, en bronze
taché d'or.

80-81 — Deux petits brûle-parfums à pieds formés de
têtes d'éléphants, en bronze incrusté de perles en verre.
Ils seront vendus séparément.

82 — Deux brûle-parfums formés chacun d'un éléphant
couché, supportant une coupe à deux anses et à couvercle.

83 — Deux petits cornets en bronze tachés d'or.

84 — Brûle-parfums de forme oblongue, à deux anses et à
quatre pieds cintrés, avec couvercle surmonté d'une
chimère.

85 — Brûle-parfums en bronze en forme de crabe.

86 — Deux vases japonais en bronze, à figures et paysages
en relief, et à anses formées de branchages. Les pieds
sont formés d'oiseaux.

ÉTOFFES

87 — Grande tenture ou portière en satin cramoisi, offrant au centre un large caractère doré, et au pourtour des figures de divinités peintes en couleurs et rehaussées d'or.

88 — Autre grande tenture en satin groseille, décorée de figures brodées en soies de couleurs et formant encadrement.

89 — Très-belle portière double en satin cerise brodée, à fleurs en soies de couleurs. Elle est surmontée d'un lambrequin vert brodé à fleurs et fruits.

90 — Petit panneau brodé à fleurs en soies de couleurs sur fond violacé et lamé.

91 — Huit jolis panneaux en satin cerise, brodés en soies bleue et blanche à fleurs et ornements.

92 — Quatre panneaux de même étoffe avec lambrequins à fond vert.

93 — Six jolis panneaux en satin rouge ponceau, à riche décor d'ornements, grues et attributs variés, tissés en soies de couleurs.

94 — Trois panneaux carrés avec lambrequins de même étoffe et de même décor.

95 — Deux longues bandes tissées en soies de couleurs à dragons sur fond rosé.